YASMIN

la amiga

escrito por
SAADIA FARUQI

ilustraciones de
HATEM ALY

PICTURE WINDOW BOOKS
a capstone imprint

A Mariam por inspirarme, y a Mubashir
por ayudarme a encontrar las palabras
adecuadas—S.F.

A mi hermana, Eman, y sus maravillosas niñas,
Jana y Kenzi—H.A.

Publica la serie Yasmin, Picture Window Books,
una imprenta de Capstone,
1710 Roe Crest Drive
North Mankato, Minnesota 56003
www.capstonepub.com

Texto © 2021 Saadia Faruqi
Ilustraciones © 2021 Picture Window Books

Translated into the Spanish language by Aparicio Publishing

Los datos de CIP (Catalogación previa a la publicación, CIP)
de la Biblioteca del Congreso se encuentran disponibles en el sitio
web de la Biblioteca.

Resumen: Yasmin sabe exactamente a qué quiere jugar cuando
vengan sus amigos. Pero resulta que sus amigos tienen sus propias
ideas. ¿Podría una idea creativa hacer felices a todos?

ISBN 978-1-5158-7197-2 (hardcover)
ISBN 978-1-5158-7198-9 (paperback)
ISBN 978-1-5158-7317-4 (eBook PDF)

Editora: Kristen Mohn
Diseñadoras: Lori Bye y Kay Fraser

Elementos de diseño:
Shutterstock: Art and Fashion, rangsan paidaen

Impreso y encuadernado en China.
003322

CONTENIDO

Capítulo 1

Invitados

Yasmin estaba muy contenta.

Ali y Emma iban a ir a su casa

a jugar.

—Quiero que el día sea

perfecto —le dijo a Baba—.

Voy a planear muchas actividades

divertidas y comida rica.

—Suena muy bien —asintió
Baba—. Pero no te olvides
de preguntar a tus amigos qué
quieren hacer. Los amigos son
una bendición. Tenemos que
hacer que se sientan felices.

Yasmin llevó su caja de
disfraces a la sala. —¡Vamos
a pasarla tan bien! —cantó.

Ali llegó primero. Tenía una
bolsa con unas pelotas pequeñas.

—Estoy aprendiendo a hacer
malabarismos —dijo.

—No hacía falta que trajeras

tus juguetes —le dijo Yasmin

a Ali—. Yo tengo muchas cosas

para jugar.

Después llegó Emma. Tenía
una cuerda para saltar. —Me la
regaló mi tío por mi cumpleaños
—dijo—. ¿No es genial?

Capítulo 2

Pelea entre amigos

Yasmin abrió su caja
de disfraces. Sacó un traje
de unicornio.

—Vamos a jugar
a disfrazarnos —dijo—.
Nani me hizo estos disfraces.
¿Cuál quieren ponerse?

Ali fue al jardín de atrás.

—¡No! Yo quiero hacer malabarismos. Voy a ser un malabarista famoso cuando sea grande.

Yasmin frunció el ceño. Ella y Emma siguieron a Ali afuera.

Vieron cómo Ali lanzaba
las pelotas al aire. Una detrás
de otra, todas cayeron al suelo.
Y una le dio en la nariz.

—¡Ja! —se rio Emma—.
Tienes que practicar mucho.

Emma empezó a saltar
la cuerda.

—Yasmin, cuenta cuántas
veces puedo saltar.

Yasmin negó con la cabeza.

—Pero yo quiero jugar

a disfrazarme

—protestó.

Le parecía que

Ali y Emma

no estaban siendo

muy buenos amigos.

Ali cruzó los brazos encima
del pecho. —No quiero saltar
la cuerda ni disfrazarme.
Prefiero hacer malabarismos.

Yasmin observó a sus amigos
jugando solos.

Ali hacía malabarismos
cerca de los arbustos.

Emma saltaba la cuerda.

—¡Uno, dos, tres, cuatro!

Yasmin gruñó. ¿Por qué
no querían jugar a disfrazarse
con ella?

Capítulo 3

Un juego nuevo

Baba ayudó a Yasmin

a poner comida en una bandeja.

Había galletas y gajar. También

había lassi de mango para beber.

—Seguro que tampoco

se pondrán de acuerdo en qué

comer —protestó Yasmin.

Baba le dio un golpecito

en el hombro a Yasmin. —Recuerda

lo que te dije sobre preguntar

a tus amigos qué quieren hacer.

No es solo lo que tú quieres, jaan.

Yasmin miró a Emma y a Ali

por la ventana.

"¿Cómo puedo conseguir

que todos juguemos juntos?",

se preguntó Yasmin.

Vio dos ardillas que saltaban

una encima de la otra y llevaban

bellotas. Yasmin abrió los ojos.

—¡Tengo una idea! —gritó.

—¿Cuál es tu idea? —
preguntó Baba.

—¡Ahora lo verás! —dijo
Yasmin y salió corriendo
al jardín.

—¡Vamos a jugar a saltar
y hacer malabarismos! —les dijo
Yasmin a Emma y Ali.

Emma dejó de saltar.

—¿Cómo se juega a eso?

—Saltamos la cuerda
mientras hacemos malabarismos
con las pelotas. Y contamos
cuántas veces salta cada uno
—explicó Yasmin.

—Suena divertido —dijo
Ali—. ¡El que use un disfraz gana
puntos extra!

Se turnaron para mover

la cuerda y hacer malabarismos.

¡Era muy divertido!

Pronto acabaron tumbados
en el suelo, riéndose.

Baba salió con la bandeja.

—¡Comida! —gritaron
los niños—. ¡Gracias!

—Saltar y hacer
malabarismos fue una idea
muy buena, Yasmin —dijo
Ali mientras comían.

—¡Sí! —asintió Emma—.
¡Es más divertido jugar
con amigos!

Piensa y comenta

* ¿A qué te gusta jugar con tus amigos? ¿Qué actividades te gusta hacer cuando juegas solo? ¿En qué se diferencia jugar con un amigo y jugar solo?

* El baba de Yasmin dice que los amigos son una bendición. ¿Qué crees que quiere decir con eso?

* ¿De qué maneras puedes ser un buen anfitrión cuando tus amigos van a tu casa? ¿Cómo te gusta que te traten cuando vas a casa de un amigo?

¡Aprende urdu con Yasmin!

La familia de Yasmin habla inglés y urdu.
El urdu es un idioma de Pakistán.
¡A lo mejor ya conoces palabras en urdu!

baba—padre

gajar—zanahorias

hijab—pañuelo que cubre el cabello

jaan—vida; apodo cariñoso para un ser querido

lassi—bebida de yogur

mama—mamá

nana—abuelo materno

nani—abuela materna

salaam—hola

shukriya—gracias

Datos divertidos de Pakistán

Yasmin y su familia están orgullosos de su cultura pakistaní. ¡A Yasmin le encanta compartir datos de Pakistán!

Localización

Pakistán está en el continente de Asia, con India en un lado y Afganistán en el otro.

Islamabad

PAKISTÁN

Población

Pakistán tiene una población de más de 200,000,000 personas. Es el sexto país más poblado del mundo.

Diversión y aventuras

En Pakistán, el fútbol es un deporte popular entre los niños y las niñas.

La primera persona pakistaní que viajó a los polos Norte y Sur fue una mujer llamada Namira Salim.

Haz una cuerda de plástico para saltar

MATERIALES:
- 10-12 bolsas usadas de plástico de diferentes colores
- tijeras
- cinta adhesiva

PASOS:

1. Corta las bolsas para poder abrirlas y que queden planas.

2. Corta las asas para que cada bolsa sea un trozo de plástico rectangular.

3. Corta cada rectángulo en varias tiras.

4. Amarra los extremos de las tiras para hacer una cuerda larga de plástico. Hazla un poco más larga de como quieras que quede al final.

5. Repite esto hasta que tengas 9 cuerdas largas de colores.

6. Con la cinta, une los extremos de 3 cuerdas. Después trénzalas. Cubre el otro extremo con cinta adhesiva cuando termines. Repite este proceso con las otras cuerdas para tener 3 trenzas en total.

7. Ahora trenza las 3 cuerdas trenzadas para hacer una cuerda más resistente.

8. Cubre los extremos con cinta adhesiva para hacer los mangos de la cuerda para saltar.

Saadia Faruqi es una escritora estadounidense y pakistaní, activista interreligiosa y entrenadora de sensibilidad cultural que ha aparecido en la revista *O Magazine*. Es la autora de la colección de cuentos cortos para adultos *Brick Walls: Tales of Hope & Courage from Pakistan* (Paredes de ladrillo: Cuentos de valentía y esperanza de Pakistán). Sus ensayos se han publicado en el *Huffington Post*, *Upworthy* y *NBC Asian America*. Reside en Houston, Texas, con su esposo y sus hijos.

Hatem Aly es un ilustrador nacido
en Egipto. Su trabajo ha aparecido en múltiples
publicaciones en todo el mundo. En la actualidad
vive en la bella New Brunswick, en Canadá,
con su esposa, su hijo y más mascotas que
personas. Cuando no está mojando galletas
en una taza de té o mirando hojas de papel
en blanco, suele estar ilustrando libros. Uno
de los libros que ilustró fue *The Inquisitor's Tale*
(El cuento del inquisidor), escrito por Adama
Gidwitz, que ganó un Newbery Honor y otros
premios, a pesar de los dibujos de Hatem
de un dragón tirándose pedos, un gato
con dos cabezas y un queso apestoso.

¡Acompaña a Yasmin en todas sus aventuras!

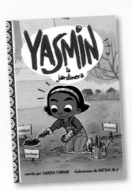

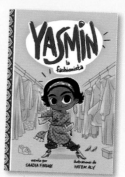

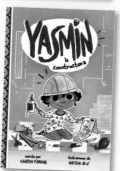